뾰족이 형
치치
엄마
미로 아저씨
징글이

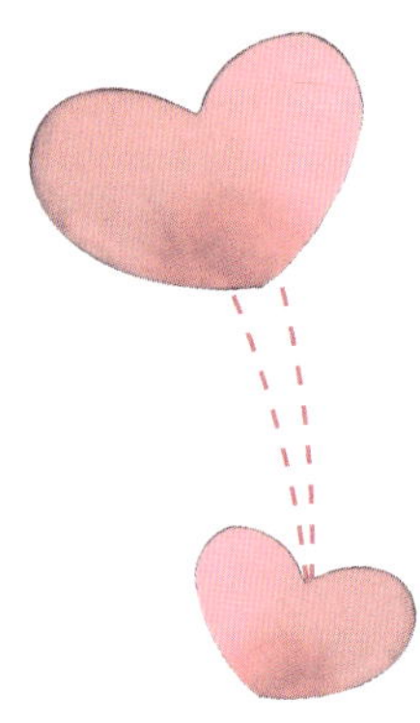

글 다이아나 암프트

글을 쓴 다이아나 암프트는 1975년 독일에서 태어나 영화와 TV드라마로 알려진 배우입니다. 그녀는 〈의사의 일기〉라는 작품을 통해 그림상과 국제상을 수상했으며, 애니메이션 〈스튜어트 리틀2〉를 더빙하기도 했습니다.

그림 마티나 마토스

마티나 마토스는 1978년 독일의 킬에서 태어났으며 5살 때 포르투갈로 이주하여 2003년에 리스본대학교에서 순수미술 학위를 취득했습니다. 현재 독일에서 독립 일러스트레이터이자 예술가로 활동하고 있습니다.

옮긴이 이상희

중앙대학교 문예창작학과를 졸업하고 독일로 건너가 본대학교에서 번역학을 전공하였어요.
현재 번역에이전시 엔터스코리아에서 출판 기획 및 전문 번역가로 활동 중입니다.

꿈공작소 ⑮

꼬마거미의 질문여행

초판 1쇄 인쇄 2012년 10월 11일   초판 1쇄 발행 2012년 10월 18일
글 다이아나 암프트   그림 마티나 마토스   옮긴이 이상희

책임편집 강진원   책임디자인 황혜정

펴낸이 이상순   주간 서인찬   편집장 박윤주   기획편집 유명화, 주리아, 김초희, 김보현
디자인 유영준, 박희정   마케팅 홍보 김미숙, 이상광, 공경태, 김종열, 박순주

펴낸곳 (주)도서출판 아름다운사람들
주소 (413-756) 경기도 파주시 회동길 103
대표전화 031-955-1001   팩스 031-955-1083   이메일 books777@naver.com
홈페이지 www.books114.net

DIE KLEINE SPINNE WIDERLICH
Baumhaus Verlag in the Bastei Lübbe GmbH & Co. KG
© 2011 Bastei Lübbe GmbH & Co. KG, Köln, Germany
All rights reserved.

Korean Translation Copyright © Beautiful People, 2012
This edition published by arrangement with Bastei Lübbe GmbH & Co. KG through Shinwon Agency Co.

꼬마거미의 질문여행

글 다이아나 암프트
그림 마티나 마토스 · 옮긴이 이상희

아름다운사람들

꼬마 거미 한 마리가 거미줄에 앉아 생각에 잠겼어요.

꼬마 거미는 생각하고, 생각하고, 또 생각했어요.

그러다가 갑자기 거미줄을 빠져나와 어디론가 향하기 시작했답니다.

……바로 엄마에게로 말이죠.

“엄마, 엄마?”
꼬마 거미가 물었어요.
“사람들은 왜 우리를 무서워해요?”
“어디서 그런 말을 들었니?”
엄마가 깜짝 놀라 물었어요.
“오늘 사람들이 내 거미줄 앞을 지나가다가 소리를 질렀어요. ‘으악, 거미다!’ 하고요.
그러고는 막 도망가 버렸어요.”
꼬마 거미가 시무룩하게 대답했어요.

"아가야, 이리 오렴."
엄마가 다정하게 말했어요.
"가끔은 대답을 찾기가 어려운 질문도 있단다.
하지만 궁금한 것이 아주 많은 똑똑한 거미라면
마침내 자신만의 대답을 찾을 수 있을 거야."

꼬마 거미는 생각에 잠겼어요.
그때, 꼬마 거미의 머릿속에 좋은 방법이 생각났어요.
꼬마 거미는 신이 나서 길을 떠났답니다.

……바로 긴 다리 삼촌에게로 말이죠.

긴 다리 삼촌의 이름은 원래 오스카예요.

하지만 모두들 오스카 삼촌을 긴 다리 삼촌이라고 불러요.

삼촌은 다리가 정말 길거든요.

"긴 다리 삼촌, 사람들은 왜 우리를 무서워해요?"

꼬마 거미가 물었어요.

긴 다리 삼촌은 그 말을 듣고 웃었어요.

"답은 간단하단다."

긴 다리 삼촌이 말했어요.

"사람들은 우리가 다리 여덟 개로 얼마나 멋지게 걸을 수 있는지 몰라서 그래.

사람들은 다리가 두 개밖에 없지 않니? 그래서 여덟 개의 다리로 걷는 우리를 무서워하는 거란다."

"그래서 우리를 무서워한다고요?"

꼬마 거미는 고개를 갸웃했어요.

그리고 다시 길을 떠났답니다.

……바로 사촌형 뾰족이에게로 말이죠.

뾰족이 형은 다른 거미들과 다르게 거미줄에 살지 않아요.
매일 거미줄에 걸린 벌레들을 구하는 데 지쳤기 때문이죠.
"형, 사람들은 왜 우리를 무서워할까?"
꼬마 거미가 물었어요.
"나도 몰라."
뾰족이 형이 대답했어요.
"사람들이 왜 우리를 무서워하는지는 잘 모르겠지만,
나도 사람들이 무서워. 하지만 이렇게 생각하면 덜 무서울 것 같아.
사람들도 우리처럼 엄마, 아빠, 형, 동생, 아마 사촌도 있을 거야.
그들도 우리처럼 아끼는 것들이 있고 그런 마음은 우리와 같을 거야.
그렇게 생각하면 좀 덜 무섭지 않을까?"

꼬마 거미는 뾰족이 형의 대답이 마음에 들었어요.
하지만 꼬마 거미는 좀 더 다른 답을 찾아보기로 했어요.
그래서 다시 길을 떠났답니다.

……바로 깜짝이 이모에게로 말이죠.

꼬마 거미는 깜짝이 이모를 정말 좋아해요.
깜짝이 이모는 늘 기분이 좋답니다.
"깜짝이 이모, 사람들은 왜 우리를 무서워해요?"
꼬마 거미가 물었어요.
"아, 그건 말이야."
깜짝이 이모는 흔들침대를 멈추고 말했어요.
"나도 예전에 너랑 똑같은 생각을 했어.
그때 나는 아주 예쁜 아기 방에서 살고 있었어.
그런데 어느 날 사람들이 내가 만든 거미줄을 보더니 깜짝 놀라는 거야.
그러고는 내 거미줄을 싹 없애 버렸단다.
하지만 지금은 사람들의 집 밖에서 사니까 사람들이 나를 전혀 무서워하지 않아.
심지어 아이들은 우편물을 가지러 올 때
'안녕, 깜짝이!'하고 인사하기도 한단다."

꼬마 거미는 그 말을 듣고 깜짝 놀랐어요.
깜짝이 이모의 말대로라면
사람들은 우리가 자신들의 집 안에서 살 때
우리를 무서워하는 걸지도 몰랐어요.
꼬마 거미는 다시 길을 떠났답니다.

……바로 꼬마 거미의 가장 친한 친구인 치치에게 말이죠.

POST

"치치야, 사람들은 왜 우리를 무서워할까?"
꼬마 거미가 큰 소리로 물었어요.
"에에…… 에…… 취이!"
꼬마 거미가 부르는 소리에 깜짝 놀란 치치는 크게 재채기를 했어요.
그 바람에 엮고 있던 거미줄이 모두 엉키고 말았어요.
"미안해, 치치야. 놀라게 하려고 한 건 아니었어."
꼬마 거미는 이렇게 말하고 치치가 엉킨 거미줄에서 빠져나오도록 도왔어요.
"괜찮아. 덕분에 방금 네가 한 질문의 답을 알았어."
치치가 진지하게 대답했어요.
"사람들이 우리를 무서워하는 건 바로 우리가 너무 조용하기 때문이야.
사람들은 우리가 내는 소리를 들을 수 없거든. 우리가 갑자기 사람들 눈앞에 나타나니까
깜짝 놀라는 거야."

꼬마 거미는 치치의 대답을 심각하게 생각해 보았어요.
하지만 꼬마 거미는 여전히 궁금증이 풀리지 않았어요.
그래서 꼬마 거미는 다시 길을 떠났답니다.

……바로 뭉치에게로 말이죠.

"뭉치야, 사람들은 왜 우리를 무서워할까?"
꼬마 거미가 물었어요.
뭉치는 거미줄 뽑기 연습을 멈추고 잠시 생각에 잠겼어요.
그리고 자랑스럽게 자기의 근육질 팔을 한 번 바라보고는
꼬마 거미에게 다정하게 말했어요.
"아마 우리가 아주 강하고 용감해서가 아닐까?
사람들과 달리 우리 거미들은 가고 싶은 곳이 어디든 거미줄을 타고 올라가고
내려올 수 있잖아."

그 말을 듣고 꼬마 거미는 미소를 지었어요.
"듣고 보니 그 말이 맞는 것 같아. 나도 그렇게 생각했어."
꼬마 거미는 그렇게 말하고 다시 길을 떠났답니다.

······바로 꼬마 거미의 사촌 예삐에게로 말이죠.

무치

"예삐야, 사람들은 왜 우리를 무서워할까?"
꼬마 거미가 물었어요.
"글쎄. 그런데 다른 사람들의 생각을 다 신경 쓸 필요는 없지 않아?"
예삐는 이렇게 대답하고 자기의 금빛 머리카락을 빗질했어요.
"그게 무슨 말이야?"
꼬마 거미가 놀라서 물었어요.
"내가 듣기로, 사람들이 우리를 좋아하지 않는 건
우리가 이상하게 생겼다고 생각하기 때문이래.
도대체 왜 그렇게 생각하는지 도저히 이해할 수 없지만 말이야."
이렇게 말하고 예삐는 자기 머리의 분홍색 리본을 고쳐 꽂았어요.
"맞아! 말도 안 돼!"
꼬마 거미는 이렇게 말하고 다시 길을 떠났답니다.

……바로 화가 미로 아저씨에게 말이죠.

"미로 아저씨, 사람들은 왜 우리를 무서워해요?"
꼬마 거미가 물었어요.
미로 아저씨는 그 말을 듣고 웃더니, 사다리에서 내려왔어요.
"아니야, 사람들은 우리를 무서워하기 보다는 오히려 멋지다고 생각할 걸!
이 집을 봐. 사람들은 우리가 만든 거미집을 보고 정말 훌륭하다고 생각한단다.
가끔 거미줄에 아침 이슬이 매달려 있으면 사람들이
한참을 서서 쳐다보기도 하잖니."

"맞아요. 이슬이 맺히면 정말 예쁘게 빛나죠."
꼬마 거미는 미로 아저씨의 대답을 듣고 으쓱해졌어요.
그리고 다시 길을 떠났답니다.

……바로 에르나 할머니에게로 말이죠.

"에르나 할머니, 사람들은 왜 우리를 무서워해요?"
꼬마 거미가 물었어요.
에르나 할머니는 뜨개질을 멈추고 바늘을 내려놓았어요.
"글쎄, 왜 그러는지 나도 모르겠구나, 우리 귀염둥이.
하지만 누군가가 너를 좋아하지 않는다고 해서
너도 똑같이 좋아하지 말아야 하는 건 아니란다."
"그게 무슨 말이에요?"
꼬마 거미가 놀라 물었어요.
"아마 사람들도 언젠가는 우리를 아주 멋지다고 생각할 거야.
우리는 진짜 멋지니까 말이야. 우리는 상대방을 있는 그대로 받아들여야 하는 법이거든."
할머니가 부드럽게 말했어요.
"언젠가는 너도 이 말의 의미를 알게 될 거야."

꼬마 거미는 또 생각에 잠겼어요.
그리고 할머니의 이야기가 정말 훌륭하다고 생각했어요.
꼬마 거미는 할머니에게 웃어 보이고 다시 길을 떠났답니다.

…… 꼬마 거미는 집으로 돌아왔어요.

"꼬마 탐험가야, 이제 답을 찾았니?"
엄마가 물었어요.
"아직 모르겠어요."
꼬마 거미가 대답했어요.
"조금 더 생각해 볼래요.
하지만 사람들이 우리를 무서워하는 건 우리를 모르기 때문인 것 같아요.
만약 상대방을 있는 그대로 받아들인다면 전혀 무섭지 않을 거예요."

"역시 우리 귀여운 징글이. 너만의 답을 찾아냈구나.
엄마도 너를 있는 그대로 사랑한단다!"

"저도요, 엄마. 엄마를 있는 그대로 사랑해요.
안녕히 주무세요!"

그리고 이 책을 읽는 여러분도 잘 자요!
우리는 곧 서로 좋아하게 될 거예요.

당신의 꼬마 거미 징글이가.

꿈을 이루는 우리 아이 성장 동화

〈꿈공작소〉시리즈

① 알몸으로 학교 간 날

타이—마르크 르탄 글
벵자맹 쇼 그림
이주희 역 | 9,500원

② 도둑맞은 달

와다 마코토 글·그림
김정화 역 | 9,500원

③ 두 발로 걷는 개

이서연 글 | 김민정 그림
9,800원

④ 초강력 아빠 팬티

타이—마르크 르탄 글
바루 그림
이주희 역 | 9,800원

⑤ 마음이 아플까봐

올리버 제퍼스 글·그림
이승숙 역 | 10,000원

⑥ 천재는 학교를 싫어해!

엘라 허드슨 글·그림
이승숙 역 | 9,800원

⑦ 날고 싶어!

올리버 제퍼스 글·그림
이승숙 역 | 12,000원

⑧ 저리 가! 짜증송아지

아네테 랑겐 글
임케 죈니히센 그림
박여명 역 | 10,000원

⑨ 사랑해 내 동생 로봇

M. P. 로버트슨 글·그림
이승숙 역 | 10,000원

⑩ 공주들의 반란

셀린 라무르 크로셰 글
리즈베트 르나르디 그림
글공작소 역 | 10,000원

⑪ 엄마, 떼쓰지 않을게요

아네테 랑겐 글
도로테아 아크로이드 그림
박여명 역 | 12,000원

⑫ 입양아 올리비아 공주

린다 그리바 글
셰일라 스탕가 그림
김현주 역 | 12,000원

⑬ 책을 좋아하는 아이

피터 카나바스 글·그림
이승숙 역 | 12,000원

⑭ 나는 아빠가 좋아요

넬레 무스트 글
미카엘 쇼버 그림
이상희 역 | 10,000원

우리아이 첫 과학백과

우리아이 첫 과학백과

이자벨 푸제르 글 | 멜라니 알라그 외 그림
김수진 역 | 18,000원

똑똑한 아이 만들어 주는

〈두뇌 계발〉 시리즈

⑤ 과학놀이

마당에서 만나는 과학

리사 캠벨 어니스트 글·그림
김아림 역 | 12,000원

---

① 색깔놀이

② 생각놀이

③ 계절놀이

④ 그리기 놀이

알록달록 색깔 목욕탕

마스다 유코 글
하세가와 요시후미 그림
김정화 역 | 10,000원

생각하는 개 모코

마쓰시타 사유리 글·그림
정은지 역 | 10,000원

봄 여름 가을 겨울 계절을 알아요

아고스티노 트라이니 글·그림
김현주 역 | 12,000원

상상해서 그려요

안느 엠스테주 글·그림
글공작소 역 | 12,000원

똑똑한 아이낳는 태교 시리즈

똑똑한 아이 낳는 태교 동화

글공작소 글 | 15,000원

똑똑한 아이 낳는 태교 명화

글공작소 글 | 18,000원

똑똑한 아이 낳는 탈무드 태교 동화

글공작소 글 | 17,000원

뭉치
에르나 할머니
깜짝이 이모
예삐
오스카 삼촌